PAN YANRI

方 良里

詩集 レモングラス

Lemongrass

コールサック社

レモングラス

目次

Ⅰ　ピエロ

Ⅱ　旅人

Ⅲ　戦禍の中で

Ⅳ　レモングラス

詩集　レモングラス

I

ピエロ

ピエロ

変ロ長調のパッセージに魂をつかまれ
もがいていると
心臓の鼓動とともに
一粒ずつ涙をおとすピエロが
哀しみの衣装を身にまとって
踊りはじめる

朝の光と夜の闇が交錯する狭間で
絡みあう感情の糸のもつれをほどくために

天からの使い人がいった
語れ　どのようにでも
歌え　いつまでも

そうして幾晩かがすぎてゆき
涙は地におちて光の粒となり
踊りは語りとともに歌いつがれ

ピエロは踊りつづける
一粒ずつ涙をおとしながら
力　尽き果てるまで

魂　I

粗い岩肌の表面を　なぞりながら
沈黙を破ろうと
打ち寄せる波に　抗うことができるのは
山や海や風までも　支配できる神のように
大きな存在に　包みこまれた
魂の叫び
ただ　それだけかもしれない

魂 Ⅱ

生命《いのち》の息吹きを感じて
甦れ　己の魂よ

永遠の時を分かちあって
互いに魂を交歓するとき

時の止まった　その日から
人は　歩きつづける

失われた何かを　探し求めるために

魂 Ⅲ

命が軋む音を聞き
　魂を濾過するために
自らを罠にはめ
　喘ぎながら　歩き続ける
宇宙の核心を捉えるべく
　歩幅と歩幅のバランスを
　　とりながら　こう唱える

不死鳥のごとく甦れ
魂の組成の過程を顧みて
　その叫びを
余すところなく　紙面に写しとる

二つの魂

永遠の愛を育んで
　地上に舞いおりた二つの魂は
雲の隙間から現れては
　鳥のように　羽ばたき
風に煽られ
　交差しては　離れ

行きつ戻りつし
降りだした霧雨のなか
　また　鳥のように　羽ばたき
つがいになって舞い
再び　天へと昇っていくのだった

DANCE

踊れ　踊れ
　Slow　slow
　　Quick　quick

まわれ　まわれ
　リズムにのせて

悲しみよ　とどまるな

踊れ　踊れ
　涙を忘れるように

まわれ　まわれ
　リズムにのせて

高みにのぼれ　どこまでも
　リズムにのせて　のぼっていけ

Mon chien《モンシャン》

Chien
　Chien
いたずらな目をした　chien
駆け寄ると　逃げ出し
走りだすと　寄ってくる
Chien
　Chien

くるくると自分の尻尾を追って
まわる　chien

いつまでも　ふざけあって
ともに生き　ともに笑い
ともに泣いていた

Chien　chien
人生の伴たる
可愛かった
Mon chien

声

或る夜に　考えた

デジャヴの世界から逃避せよ？
見えないものを探して
地球の果てまで歩いたとしても
何を手にすることができるだろうか

考えることの妥当と危険を　この身に背負い
口にするのは　新鮮な果実と炙りだされた真実のみ

なおも　歩き続ける

乳白色の器からこぼれおちた言葉の粒を
寄せあつめて
鈴のように鳴り響く声を　つくりあげるために

アリア

即興の詩《うた》を口ずさみながら
　闊歩する騎馬隊にあわせて
　　　街を練り歩く
隊長が振りおろした剣の先からは
　闇を切り裂くように
　　閃光が現れ
ソプラノで歌う

漆黒の髪の女のアリアが
響き渡る
街は静まり返り
女の歌声だけが隅々にこだまし
私の耳にも反響するのだった

夢のあとで

トロイメライを聴きながら
　まぶたの裏にうかぶ残像を心の鏡にうつしてみると
子供たちが遊ぶ庭からみえる淡い色の空には
　さらに色が重なり
　　陰影のある模様がつくりだされている
夢の中で　なめらかに流れる小川の行方を追うと
　水の流れは行きつ戻りつしながら

ニンフの佇むところへと誘《いざな》ってくれる

ニンフの奏でる琴の音色は
かぐわしく心にしみわたり
天に向かって浄化されていく

夢見心地のうちに　たゆとうていると
子供たちとともに　ゆっくりとリズムをとりながら
まどろんでいる自分がいるのだった

Ⅱ 旅人

旅人

太陽の光のもと
熱を帯びた木々のざわめきの中で
ささやく声が
かき消される

影法師に命を吹きこんだあの人の声は
影のない自分の後ろ姿をふりかえると
きこえてくる

光が反射し　船に乗る
船が水面《みなも》をすべっていく

木《こ》の葉が舞う
空が雲を垣間みせる

水の流れに身をまかせ
ただ　ひとり行く旅人よ
心ゆくまで船旅を続けるがよい

時がたち
己の痕跡が幻となり果てるまで

或る日　Ⅱ

プリズムを通して屈折した日の光が傾きはじめ
いつしか　思考の渦の中に巻きこまれていく
光が乱反射する鏡にうつしだされた己の姿を
脳裏に刻み
そのまま　光の中でたゆとうていると
見慣れているはずの景色が

見知らぬものに変わり
あなたに話しかけていた声が
風の鳴る音に変わる

否定もせず　肯定もせず　あるがままの姿で
あらゆることを夢想する

一日が終わり　日が暮れるのは早い
だからこそ　今この時をこそ　愛《いとお》しむ

或る日　Ⅲ

バラ窓からさしこむ光を身体に受けて
愛の喜びとはうらはらに
冷たいことばを投げかけることで
心の均衡を保とうとするあなた

そう　あの日もあなたは涙に暮れていた
木漏れ日の暖かさに包まれながらも
むきだしの神経は冷たく凍え
西風の吹く方向に逆らうかのように

鳥肌をたてていた

日差しが乱反射する
影が重なりあって　いくつもの陰影をつくる
その陰影の中に身を隠し
かすれた声で　力の限りあなたは叫んだ
この身を焼き尽くしてくれと

或る少女

苺をほおばりながら
未来の予感に胸躍らせて
坂道を駆けおりてゆく
一人の少女

家路につくまでには　まだ時間がある
そうだ　今日もあの果樹園に寄っていこう

エーリエルとともに

さあ　空中に躍り出て
風に吹かれるままに
森の小径をぬけていこう

或る少年

とぎれた雲たちの行方を追って
走り続ける少年がいた

境界線に降りたって眺めた景色は
胸の内を熱く通り抜ける自らの魂を
写しとっているようにみえた

雪崩のようにくずれおちていく
魂たちの行方を追いながら

木蓮の匂いを吸いこんで
その甘さに身を委ねて漂うのだった

若人《わこうど》よ　Ⅱ

清々しく　二本の足で孤高に立つ若人よ

望郷の想いに駆られたのも束の間
黄昏時の暖かい光に包まれて
樅の林立する上空を飛ぶ一羽の鳥を眺めながら
君は　いつしか岩陰で眠ってしまったようだ

矛盾という言葉を砂糖衣でくるみ
人間に食べさせたのは誰か

蕾が花となって咲く前に
君に語っておこう　その言葉の意味を

若人よ　Ⅲ

森羅万象の影にさす光を見よ
幾つもの言葉の群れを携えて　己の道を進め
コップ一杯の水を大海原から絞りとり　喉の渇きを癒せ
駆けていけ　かりたてられるままに
行き止まりのない道を　いくつも探しあて

駆けあがれ　駆けあがれ　いつまでも
とめる者がいない限り
どこまでも　駆けあがっていけ

或る男　Ⅳ

「成就した」
彼は　そう言った
神から受けた生を全うしたと感じた瞬間
その身を捧げて　そう言った

彼は　驚くほどの速さで
命を推しすすめ
こう唱えるのだった

――高く高く舞いあがれ　火の粉よ
悪魔の棲む森を　焼き尽くしてしまえ

そして
自らは　恐れなく
水しぶきをあげ　寄せては返す高波のように
生を全うした　と

或る男　V

彼岸のなかに沈静しながらも
此岸に焦がれて　足踏みをする一人の男

ざわめく木の葉の揺れる音が
人の声となって　男を呼んでいる

暗闇のなかにいるのは誰だ？
こちらを窺っているのは？

雷鳴の轟く岩間の陰から
暗闇に向かって　雄々しく挑め

叫びも呻きも押し殺し
ただ　己の素手と魂をもって戦いに挑め

彼岸から此岸への架け橋を渡り
暗闇のなかから光を摑むために

或る男　Ⅵ

月の女神は容赦なく男を照らしだし
逆さにつるされた嘘に火をつける

眼光から飛びだした真実の眼は
幸福を恐れ　孤独に沈静する一人の男の姿を写しだす
男は　湧きでる泉の潤いで心を満たし
自らの内にいるフリークスを退治するために
誇りをもって概念にまつわる概念を払拭する

そして　梟の目の威光に惑わされ　夜の森をさまよい歩く
歩き疲れ　ひとすじの小川のほとりまで来たとき
男は　角笛を吹きながら踊る小人たちに囲まれて回想した

あの輝いていた月は　いつの月だったか
九月の　ある晩だったか
君にたずねるはずのことは　何だったか

記憶をたどる行為は
今日の新しい月に照らされても　むなしく空回りするばかり
想いを巡らせているうちに　男はいつしか疲れ果て
岩陰にもたれて　深い眠りへとおちていくのだった

或る二人

風薫る窓辺に腕をもたせかけ　野鳥のさえずりを聞く
存在が　そのあるべき姿をそのままに写し出す窓辺で
語り合う男と女
答えのでない愛の行方にとまどいながら
二人はみつめあう
死によって愛が報われるというのか

ならば　一人で死んでみせようという男
共に往生をとげたいという女

暦を逆さにたどってみると　現れでてくる二人の生の軌跡

確かなものはひとつもない　そんな世の中で
愛のみを心に抱《いだ》いて生きてきた二人

いつの日か　生の終わる日がくることを予感しながらも
彼らは　手に手をとって粛々と進んでいく

Ⅲ　戦禍の中で

戦禍の中で

果てしなく続く　国と国のせめぎあい
うごめく人間たち　破壊された街並み

追放された魂とともに
焦げついた情熱のむかう先は　何処《いずこ》か

昼には陽炎の中に揺らいでみえた　あなたの笑顔は
今は　闇に囚われ　とりとめのない言葉とともに
うつろな目をして　空間を漂っている

暗い洞窟の中を通りぬけ
明るい外の世界をめざすように

さあ　今こそ手を組んで戦おう
皆で勝利を勝ちとるのだ!!

戦禍の中で　Ⅱ

倒壊し　瓦礫と化した家の片隅に座り
　茫然とする人々
戦禍の爪痕は　街の至る所に残り
　その無残な姿を　日の光のもとに晒している
歪んだ視線の先に見えるものは　何か
どこまでも続く瓦礫の山を　乗り越えて

その先に　希望を見出さなければ

兵士たちは　燃え盛る火の粉を振り払うように
　木々の間を進んでいく

季節は　移り変わり
　街を通り抜ける風も　冷たくなり
戦いは　厳しさを増していく

謎を解く鍵を握っているのは　誰か
　それは　勝利を信じる一人一人の手中にある

雄々しく　進め　勇士たちよ

戦禍の中で　Ⅲ

破壊され　荒廃した街並み
繰り返される殺戮
行き場のない人々

悲しみに憑かれたその姿に慄然とし　心を焼き尽くす
それでも朝日は昇り　夜は闇に包まれる

路は遠く　路は長く

誰が問い　誰が答える
ただ　輝きのみ
ただ　力のみ

或る一人の兵士は　万感の想いを胸に
進みゆく勇士たちとともに
滅びゆく国家へのレクイエムを歌いながら
こと切れた

戦いの日 Ⅱ

ひとつの王冠をめぐって
二人の男が競う
その行く末は――

船上にたち
ほとばしる情熱を抑えきれず

こころに蘇ることばの数々を携えて

彼らは進んでいく

命の炎が燃えさかり
運命の糸を断ち切るかのように
饒舌な談笑を交わしながら

胸さわぎを抑えつつ
戦禍の爪跡をのこす城へとむかう

焼かれた樹木

風にそよぐ木《こ》の葉に火がゆらぐ
　幾千年前の記憶から甦る声を手がかりに
風にそよぐ木の葉に火がゆらぐ
　鳥たちはさえずる　人間たちは沈黙する
時の声を聞いたのは何時《いつ》か
時の鐘を鳴らしたのは誰か

風にそよぐ木の葉に火がゆらぐ
　遠方から聞こえてくる汽笛の音が
　　心のざわめきを鎮めるように
風にそよぐ木の葉に火がゆらぐ
　己を欺く人間たちは
焼かれた樹木から滴り落ちる
　　樹液の恩恵に浴していく――

物語　Ⅱ

シナモンでかきまわした紅茶を　すすりながら
　本を片手に　精一杯背伸びをする　一人の若い女性

ページを繰る手を休めて　ふと顔をあげると
　歴史の物語のなかに迷いこんだのだろうか

窓越しに
　燃えさかる火の粉を振りはらいながら
　　闇の中を突き進んでいく　勇者の姿が見えた

勇者は　片手には松明を　もう一方の手には杯を持ち
　澄んだ目に炎を宿して　従者を従えて　進んでいく

女性は　その行く末を案じたが
　戦いの行方を知る者は　誰もいない

瞬きをし　本に視線を戻すと　あたりは静まりかえり
　　野鳥の鳴き声だけが　聞こえるのだった

ある街角で

ある街角で　あの人は待っていた
　来るはずのない　あなたを
焼けつく太陽のもと
　通りすぎる人々を　茫然と眺めながら
あの人は　待っていた
　来るはずのない　あなたを

犬を連れた一人の女性が　通りすぎる
　あの人は　犬に微笑みかけ
　　それから　飼い主の女性にも微笑みかけ——
人々は　足早に通りすぎる
　街路樹のあいだを　少しうつむきながら
あの人は　待っていた
　来るはずのない　あなたを——

心　Ⅳ

駆け足で言葉と競争し
時計の針を早めて
心の進む方向に合わせようとすると

時間が　けたたましく鳴りだして
空間に飛びだしていき
真摯な心の邪魔をする

視線が定めた　その地点は

揺らぐことなく　定点を保ち

時間と対峙して
言葉を操《あやつ》りながら
心の方向を　探り続けるのだった

砂地《すなち》

潮がひき
運命の掟に逆らうかのように現れた
広大な砂地に立ち尽くす

茫然と　しかし毅然とした面持ちで
足元をみると
波しぶきからうまれた水泡がつくった跡が
残っている

唯一絶対のものを求めて
その日の風の匂いをかぎわけながら

原点としての地点から
時を忘れてさすらう旅人のように
日が落ちるまで
海岸をそぞろ歩く

眠り　I

紅をさす
　一輪の花の姿に　うしろ髪をひかれ
立ちどまり　ふりかえると
ひとりの女性の
　指先の熱に　絡めとられ
摘まれた　その花は
芯から発する芳香を　あたりに漂わせ

たおやかな　息づかいとともに
その身を　横たえた
至福という世界が　支配する
永遠の眠りに　つくために――

La《ラ》 fleur《フルール》

幾重にも時を折り重ねて
　La fleur　la fleur
現在《いま》なのか　未来なのか
意味ありげに繰り返される
　抑揚ある　La fleur　la fleur
一輪の花を手折ったその手で

人を殺めてもいいというのか
いつか呼んでいた　君の名を
La fleur　la fleur
一粒の涙から夢が紡ぎだされるというのか
ありえない夢を折り重ねて
意味ありげに繰り返される
抑揚ある　La fleur　la fleur

Ⅳ　レモングラス

大地

雨がひとしきり降った大地は
浄化され
緑が芽吹き　花々が咲き乱れている

朝日に照らされ
吹いた風にそよいだ草木が
時の声にめざめるとき

いくつもの試練を経た　その大地は

「さあ今だ
　肥沃な土地を耕して
　実り多い季節を迎えようではないか」
という声とともに
人々がやってくるのを待っている

遥かなる地平線の先まで
つづいている大地は
人の営みを超えて存在し
希望ということばとともに
永遠に　その姿を誇っている

大地　Ⅱ

うまれくる大地の掟に基づいて
踏みしめよ　その土を

雨にうたれ　風や嵐にさらされた
その土を　踏みしめよ

霞のかかった山なみにたなびく雲のまにまには
ナイチンゲールの歌声が舞い

暗闇が支配する夜の谷間には
雷鳴がとどろきわたる

人々は　おののきながらも
歩みをすすめていく

いつかは土にかえることを想定しながらも
その日一日を　全き日にするために

Four Seasons III

草木の芽吹く春
心　踊る夏
憂いを秘めた秋
冷気の漂う　冬

いくつもの季節を通りぬけ
心の窓を通して　空間を眺めてみると
静けさのなかに

己の幻が　うかんでは消え
風とともに流れていくのだった

Singing flowers

たかめあう　音と音との　せめぎあい
音を感じて　紙面にうつしとる
　花を添えて　あなたに贈る
それを読んだ　あなたの心に
　音から芽生えた　花が咲く
誰にも　悟られまいとしても

花のメロディーは
　自然と　あなたの口から　ついて出る

メロディーにのせて
　あなたのまわりに
　　花たちが　咲きほころんでいく

花々にかこまれた　あなたは
　至福を感じて
　　いつしか　眠りへとおちていく――

森の中で　Ⅱ

夜の暗い森に光がさし　朝日が昇るまでには
いくつものドラマが繰り広げられる

あるものは生まれ　新しい命の息吹きをもたらし
あるものは　あるものの餌食となり　屍と化す

動物たちは　巣穴から出入りして
恵みをもたらす風が吹くところに　集い
湧きいでる泉の中で　水を飲み　水浴びをする

朝の光がさす頃には
生命たちが　生き生きと活動を始めるのだった

小鳥たち

晴れた夏の日
おしゃべりをしながら
小さく微笑む小鳥たちは
花咲く木々の間を飛びまわり
くちばしを巧みにうごかしている

雪の降りしきる冬の日
空気の重みを感じて
歩くのをためらっていると

小鳥たちが先頭だって
雪道を案内してくれる

季節の移ろいの中で
恵みをもたらしてくれる小鳥たちは
庭先に集い
次の役割を果たす時を心待ちにしている

レモングラス

レモングラスの香りに誘われて
時がとぎれた場所に降りたつと
あなたとの様々な思い出があふれでてくる
あなたが恐れていたものは死か苦しみか
真実を裏がえしてみても誰にもわからない
ただ　今は試練に打ちかち
生を勝ちとる時だ

とこしえに　神の恵みのもとで
満ちたりた笑顔をとりもどすまで

クリスマスローズ

丸みを帯びた　その花弁は
　何を語るために　ひらいているのか

うつむきながら　笑みをたたえて
　神の下僕《しもべ》となるために生まれてきた
　　クリスマスローズ

恵みに溢れた　その顔は
　小さなキリストに向かって咲きほころび

その手いっぱいに
　愛を抱えこませるのだった

夜の風

風が戸を打ちつける
　なんだって今夜の風は
　　こんなに荒々しいのか

子供がおびえている
　悪魔がやってきたと思いこんで

犬も吠える　さかんに吠える
　落ちつかなく歩きまわって

風が戸を打ちつける
なんだって今夜の風は
こんなに荒々しいのか

冬の日　Ⅱ

清廉なる響きに身を浸し
天を仰ぎみれば

空には　雲の行方を描いた模様が広がり
山並みは　幾重にも連なり

木立は　ざわめきながら
うなる風に追い立てられ
見るもの聞くものすべてを包みこみ

時を追いかけて謳《うた》い続ける

そんな冬の日　人は
全てが灰となって
散り落ちてしまわないうちに

黙々と　時を刻みつづける
永遠《とわ》にかわりなく

花とともに生きたあなたへ

訃報をうけ　あなたの顔が脳裏に甦る
　きっと　棺には　淡い色の花々がまかれたでしょう
快活だった　あなたの笑顔は
　きっと　静かに　眠るように瞳を閉じて
花々に抱《いだ》かれて　幸福の色さえうかべていたかもしれない
死によって　この世のものから全てをひきはなされても

花々だけは　傍らにいて　あなたを守ってくれるでしょう
花を愛し　花とともに生きたあなたに　神の栄光あれ!!

解説　花と音楽を愛し希望の在りかを希求する人
――方良里詩集『レモングラス』に寄せて

鈴木比佐雄

1

方良里（パン　ヤンリ）氏が第六詩集『レモングラス』を刊行した。今まで方氏は五冊の詩集『季節の狭間で』、『時の壁を超えて』、『夜空から』、『光の花束 ―花々の舞―』、『残り香とともに』を刊行している。その中でも二〇一三年に刊行された『光の花束 ―花々の舞―』は、今年に三十八篇の中から二十篇が複数の作曲家によって作曲されて声楽曲選集『光の花束 ―花々の舞―』として楽譜集となり、多くの人びとに歌われ始めている。方氏はフラワーアレンジメントに関わる仕事につかれていたこともあり、いつも花々に取り囲まれていて、『光の花束』の帯文の言葉「聞こえてくる……花たちのささやき、ざわめき」のように、多様な花々と対話し、暮らしに花々を生かすことをされてきたのだろう。

その詩篇の中でも、作曲もされている詩「ダリア」が私の心に刻まれている。

ダリア

温かく咲き誇る
ダリアたちにかこまれて
伏しめがちな一人の少女が
静かに祈りを唱えはじめる

死ととなりあわせた
生をまのあたりにし

ダリアたちと少女は
絶望から希望をうみだそうと

渾心《こんしん》の思いをもって
神に祈りをささげている

方氏はあとがきで「花と言葉のコラボレーション」を楽しんで欲しいと記している。きっと方氏は、美しく咲く花の存在が儚い命である人間存在を掬い上げる美しい言葉そのものだと直観していたに違いない。「ダリア」と「一人の少女」は、健気に生きる同じ存在者としての価値を持ち、双方とも「絶望から希望をうみだそうと」、渾身ではなく、方氏が創り出した造語である「渾心《こんしん》の思いをもって」、「神に祈りをささげている」という。「ダリア」の花も懸命に咲くことで汎神論的な神に祈りを捧げることになるのだろう。「ダリア」の花言葉は「気品」「優雅」と同時に「移り気」「不安定」という意味も与えられている。全く相反するかのような意味を包含させていることは、どちらも真であるのだろう。そんな「ダリア」と「一人の少女」は儚い命であり、有限で滅びゆく絶望を抱えているが、それでも有限の時間に希望を見いだして、懸命に咲き続けたいと神に祈り続けているのだろう。この詩には「ダリア」と「一人の少女」と「神」しか出てこない。この世界に投げ出された美しい存在者たちがいかに生きようとするかをシンプルに問い続ける、方氏の代表的な詩だと私には思われる。

2

新詩集『レモングラス』は四章に分かれ四十三篇の詩が収録されている。今回の詩集では方氏の内面の深層から魂の在りかとは何かという根源的な問いや、不条理な戦禍が絶えない世界の中で生きることの意味への問いが根底に存在している。そのような地球環境の中でも草花と花言葉で親しく対話し、存在者を勇気づける音楽や舞踏などのアートの世界と交感し、詩歌を生み出していく希望の在りかが率直に語られている。

Ⅰ章「ピエロ」十篇の冒頭の詩「ピエロ」の一、二、三連目を引用する。

変ロ長調のパッセージに魂をつかまれ
もがいていると
心臓の鼓動とともに
一粒ずつ涙をおとすピエロが
哀しみの衣装を身にまとって

踊りはじめる

朝の光と夜の闇が交錯する狭間で
絡みあう感情の糸のもつれをほどくために
天からの使い人がいった

語れ　どのようにでも
歌え　いつまでも

この詩の冒頭の「変ロ長調のパッセージに魂をつかまれ」とある。例えばバッハのパルティータやヘンデルの協奏曲の中で「変ロ長調」が響くと、どこか「壮麗、夢想、同情、冥想的、善良な道徳心」などの高貴な精神性を示唆されるように、どこか迷いの果てに一筋の希望が垣間見えてくる思いを感じさせられて、迷い打ち沈んでいた精神が高揚してくる。その意味で方氏の詩の特徴は、人を勇気づける花と音楽を濃厚に宿した詩篇なのだろう。

ただ方氏は美しい花と音楽から触発されながらもその対極とも言えるシリアスな「一粒ずつ

涙をおとすピエロ」を想起する。その「ピエロ」は白粉を塗り赤い傷跡を顔に描き、白い「哀しみの衣装」をまとった道化師である。その「ピエロ」が方氏だけでなく私たちの深層にも存在していて、「踊りはじめる」と語っている。二連目では「ピエロ」は「朝の光と夜の闇が交錯する狭間で」、「絡みあう感情」に苛まされる。その内面の格闘を見ていた「天からの使い人」が救いの手を差し伸べる。その際に天啓のように「語れ　どのようにでも／歌え　いつまでも」が響いてくる。最後の四連、五連目を引用する。

そうして幾晩かがすぎてゆき
涙は地におちて光の粒となり
踊りは語りとともに歌いつがれ

ピエロは踊りつづける
一粒ずつ涙をおとしながら
力　尽き果てるまで

方氏は「ピエロの涙」は「光の粒」になり、「踊りは語りとともに歌いつがれ」と言う。「ピエロ」という存在を人間存在の魂の奥底に見いだし、それを「踊りと語り」で表現し続ける存在として自らの詩的精神の根幹に据えていることが理解できる。最終連の「力　尽き果てるまで」とは、フラワーアレンジメント、踊り、音楽、言葉などの人間のあらゆる芸術的な行為を生きる宿命を物語っているのだろう。方氏の詩は、短詩であるが、その内容はこの世界に誕生し立ち去る時まで、多様な世界の事物や表現された作品と関係し、人間の根源的な魂の響きを濃厚に伝えようと試みている。

他のⅠ章の詩九篇においても人間の魂の在りかを辿っていく詩篇群だ。その中の優れた詩行を引用してみる。


詩「魂　Ⅰ」では「魂の叫び／ただ　それだけかもしれない」。

詩「魂　Ⅱ」では「永遠の時を分かちあって／互いに魂を交歓するとき」。

詩「魂　Ⅲ」では「魂の組成の過程を顧みて／その叫びを／余すところなく　紙面に写しとる」。

詩「二つの魂」では「つがいになって舞い／／再び　天へと昇っていくのだった」。

詩「DANCE」では「踊れ　踊れ／涙を忘れるように」。

詩「Mon chien」では「ともに生き　ともに笑い／ともに泣いていた」。

詩「声」では「考えることの妥当と危険を　この身に背負い／口にするのは　新鮮な果実と炙りだされた真実のみ」。

詩「アリア」では「ソプラノで歌う／漆黒の髪の女のアリアが／響き渡る」。

詩「夢のあとで」では「ニンフの奏でる琴の音色は／かぐわしく心にしみわたり／天に向かって浄化されていく」。

方氏は、魂とは何でできているかを問うて紙面に書き写そうとする衝動に駆られている。それはつがいの鳥たちが天上に舞い上がるイメージであったり、漆黒の髪をした女のアリアの響きであったり、ニンフの琴の音色がこの世界を浄化させていく感覚だったりする。方氏の詩はこの世界の生きる多様な生きものたちの存在を浄化させることを祈って書かれているのかも知れない。

3

Ⅱ章「旅人」十一篇は一読すると傍らにいる他者への情愛や友愛に向けて書かれた詩篇だが、

見方を変えれば自己を他者とみなして生きものたちの宿命を透視している詩篇とも言えるだろう。

初めの詩「旅人」の二連目を引用する。

水の流れに身をまかせ
ただ　ひとり行く旅人よ
心ゆくまで船旅を続けるがよい

時がたち
己の痕跡が幻となり果てるまで

この二連を読むと、他者を眺める際に他者の自己実現を願いながら、永遠の相で他者がいつしか存在しなくなったとしても、その「己の痕跡」を刻んでいった努力が幻ではなく決して空しいことではないと、他者の生きた真実を慈しんでいると私には読み取れる。一人ひとりの人生は実は一人ではなく、船旅のように多くの人びととの大海を乗り越えていく波乱の旅であると喩えているのだろう。そこに関わる多くの旅人と共に生きたことへの讃美も語っているのだろう。その他の十篇もまた様々な年代の他者とともに生きた掛け替えのない日々について、そんな他者が光り輝いた瞬間を詩で書き記している。

Ⅱ章の最後の詩「或る二人」の最後の二行を引用する。

確かなものはひとつもない　そんな世の中で
愛のみを心に抱いて生きてきた二人

いつの日か　生の終わる日がくることを予感しながらも
彼らは　手に手をとって粛々と進んでいく

方氏はⅠ章の詩「声」で「口にするのは　新鮮な果実と炙りだされた真実のみ」と記していたが、この二連の男女の愛においても、「生の終わる日」を予感しながらも、決して恐れることなく、「手に手をとって粛々と進んでいく」ことこそが愛のひとつの在り方だと告げている。方氏の詩は、永遠の相の下で「真実」を淡々と告げることなのかも知れない。

Ⅲ章「戦禍の中で」十一篇は、現代社会においても世界では戦禍が絶えないことに心を痛めて、人間社会に本来的な人類が目指す世界とは何かと問いかけている詩群だろう。三篇目の詩「戦禍の中で　Ⅲ」の最終連を引用する。

或る一人の兵士は　万感の想いを胸に
進みゆく勇士たちとともに
滅びゆく国家へのレクイエムを歌いながら
こと切れた

現在でも徴兵制を強いている国家の中で、ナショナリズムで洗脳されて戦場に赴かざるを得ない若者たちは、「万感の想いを胸に」、死にゆく運命を受け入れて死んでいく。方氏はその若い兵士たちは決して全面的にナショナリズムを受け入れたのではなく、自分たちの命を奪った「国家」の構造的な在り方を「滅びゆく」ものとして、「国家へのレクエム」を最後に歌いながら死んでいったのだろうと記している。詩「戦禍の中で」のⅠとⅡは侵略された国の若者たちが侵略した国と闘う決意を高揚させていく詩篇だ。一方「戦禍の中で　Ⅲ」では、人類の国家間の軋轢に巻き込まれて、武器商人による科学技術の最新兵器によって死んでいく若者たちを含めた民衆の存在が真に願うことがあると方氏は考えているのではないか。民衆の真の願いは戦争をしない永遠平和の世界を創ることだろうと暗示しているかのようだ。

Ⅲ章の最後の詩「La《ラ》 fleur《フルール》」では「一輪の花を手折ったその手で／人を殺めてもいいというのか／／いつか呼んでいた　君の名を／La fleur　la fleur」と語り、花を愛でた手で、人殺しを正当化していいのかと激しく怒り、人類の良心を呼び覚ますような詩行を記している。

Ⅳ章「レモングラス」十一篇は四季の大地に生かされる草花、樹木、動物たちを讃辞する詩篇だが、それと同時に植物の在り方を絡めながら愛する人へのレクエムを忍ばせている詩群だ。

詩集題となった詩「レモングラス」の一、二連目を引用する。

レモングラスの香りに誘われて
時がとぎれた場所に降りたつと
あなたとの様々な思い出があふれでてくる

あなたが恐れていたものは死か苦しみか
真実を裏がえしてみても誰にもわからない

方氏の暮らしの中で「レモングラス」というハーブが暮らしを彩っていたことが分かる。そのレモンの香りを感じるたびに豊かな時間が想起されてくるのだろう。亡くなった大切な人は何を恐れていたのかと思いを巡らして今も寄り添っているかのようだ。最後の詩「花とともに生きたあなたへ」の最後三行を引用したい。方氏の詩篇はこの世界に投げ出された人間存在の在り方に対する存在論的詩篇の試みだ。と同時にこの世界に生きる「ピエロ」を胸に秘めた人間や生きものたちへの恋歌であり、レクイエムでもあるだろう。

死によって　この世のものから全てをひきはなされても

花々だけは　傍らにいて　あなたを守ってくれるでしょう

花を愛し　花とともに生きたあなたに　神の栄光あれ‼

花と音楽とピエロと詩を愛し、希望の在りかを希求する人びとに方良里詩集『レモングラス』を愛読して欲しいと願っている。

あとがき

今回は、私にとって六冊めの詩集となります。既発表三十篇と未発表十三篇の詩をまとめました。

詩人とは提示者であり、詩の原型は、精神の、魂の発露であることはご承知のとおりですが、何か、人間の真実とでもいうべきものを表現できた作品もあるかと思います。

私のささやかな詩世界が、読んでくださる方々の心の琴線に触れることができれば幸いです。

詩集の制作にあたり、お世話になったコールサック社の鈴木比佐雄氏をはじめ、スタッフの方々に心より感謝を申し上げます。

二〇二四年　七月

方　良里

方 良里（パン　ヤンリ）　略歴

東京都生まれ。
日本ペンクラブ会員。
コールサック会員。

著書
『季節の狭間で』（日本随筆家協会）
『時の壁を超えて』（新風舎）
『夜空から』（新風舎）
『光の花束 ―花々の舞―』（文芸社）
『残り香とともに』（文芸社）
PAN YANRI 方 良里 声楽曲選集『光の花束 ―花々の舞―』（ハンナ）

現住所　〒156-0043　東京都世田谷区松原3-2-5　大林方

石炭袋

詩集　レモングラス

2024 年 8 月 26 日初版発行
著　者　　　　方　良里
編集・発行者　鈴木比佐雄
発行所　株式会社 コールサック社
〒173-0004　東京都板橋区板橋 2-63-4-209
電話 03-5944-3258　FAX 03-5944-3238
suzuki@coal-sack.com　http://www.coal-sack.com
郵便振替　00180-4-741802
印刷管理　（株）コールサック社　制作部

装幀　松本菜央

落丁本・乱丁本はお取り替えいたします。
ISBN978-4-86435-625-1　C0092　￥2000E